스타카토

황금알 시인선 51

스타카토

초판인쇄일 | 2012년 2월 20일
초판발행일 | 2012년 2월 29일

지은이 | 이희섭
펴낸곳 | 도서출판 황금알
펴낸이 | 金永馥
선정위원 | 마종기 · 유안진 · 이수익 · 문인수
주 간 | 김영탁
디자인실장 | 조경숙
제작진행 | 칼라박스
주 소 | 110—510 서울시 종로구 동숭동 201—14 청기와빌라2차 104호
물류센타(직송 · 반품) | 100—272 서울시 중구 필동2가 124—6 1F
전 화 | 02)2275—9171
팩 스 | 02)2275—9172
이메일 | tibet21@hanmail.net
홈페이지 | http://goldegg21.com
출판등록 | 2003년 03월 26일(제300—2003—230호)

©2012 이희섭 & Gold Egg Publishing Company Printed in Korea

값 8,000원

ISBN 978—89—97318—08—7—03810

스타카토

이희섭 시집

황금알

| 시인의 말 |

멀어져가야 만나는 듯 보이는

소실점처럼

함께 멀어져가자

묵음기를 지나온 나의 말들아

차 례

1부

3부

1부

모죽毛竹*

얼마나 깊은 언어를 길어 올리려고
아무 말을 하지 않는가

평온해 보이는 침묵의 입술 뒤에서
밀어를 찾아 미로 속으로 들어가는
거대한 근원

너의 문장이 비가 되어 내리고
내 심장을 관통한 너는 우후죽순

온몸이 뿌리가 되었다가
'나'라는 벽을 뚫고 온전히 다가서는,
어둠이 길러 낸 말의 그늘

새파랗게 질린 하늘 위로
너의 말을 물고 날아가는 시월詩月
바람이 불 때마다 휘어진 단어들이 떨어지고

묶음기를 지나온 수직의 말들이 아프다

너를 듣는 내내
귀가 수십 미터나 자라났다

* 우리나라에 자생하는 대나무로 5년이 지나도록 죽순이 자라지 않다가
  갑자기 하루에 70㎝씩 30m가 넘게 자란다

만조滿鳥

하얀 날개 퍼덕이는 새떼 가득 밀려와
하늘을 삼킨다
해가 떨어지며 출렁인다
너울을 타고 날아온 새, 주름진 뻘을 지운다
수평선을 끌어당겨 시위를 만든다
겨울을 싣고 오는 파도가 고깃배보다 먼저 들어온다
물이 채워질수록 먹잇감들은 줄어들고
녹슨 하늘을 등진 부리는
다가오는 어둠만 쪼아먹는다

물 위에 둥지를 틀고
만월을 베어먹는 밤

깃털 하나 뽑아 당겼던 시위에 걸어
서서히 놓아버린다
물의 생각이 얇아지고
품고 있던 기억이 뻘에 드리워진다
왔던 길 묻지 않고
화살처럼 날아간 만조

그 새의 눈은 먼바다를 닮아있었다

그믐달이 열어놓은 괄호를 초승달이
달을 때까지

나는 귀를 닫아걸고
괄호를 열어놓았다
그건 간극間隙의 시간
거스르지 못하면 들어갈 수 없는
강물의 함정
스스로 갇히려
끝없이 흐르는 문장들
사람이 가진 기호에
내가 가진 괄호를 채워보느라
조용히 소란하였다
누군가를 만나는 것은
서로 다른 괄호가 만나서
비밀스러운 틈을 완성하는 일
같은 강에 발 담그고
그 흐름에 깃든 문장들을
말없이 바라보는 일
외로움으로 여는 저 달도
물에 비친 제 모습으로 괄호를 닫으니
이제 나는 문을 열고
닫힌 귀를 풀어놓는다

스타카토

아버지의 갈비뼈를 뽑아 만든 기타로 연주한다 허공에
만든 객석 온통 목단이 피어있다 갈비뼈를 따라 왼손이
코드를 잡아나간다 리듬에 따라 향기는 미세하게 떨리고
몸속으로 울림이 퍼져 들어간다 기타줄을 튕겨 아무리
털어내도 떨어지지 않는 기억들 허공으로 튕겨진 선홍색
피가 기타 소리에 따라 정신없이 돈다 탁탁 시간을 연주
할 때마다 내 몸도 함께 튀어오른다 악보에 쉼표가 있어
도 쉬지 않고 마침표가 있어도 마치지 않는다 때론 돌아
가기도 한다 팽팽하게 튜닝한 생生 느슨해진 시간을 조이
고 또 조여도 늘어나는 꽃 아버지의 연주곡도 나의 그것
도 되감을 수 없다 목단은 돌아갈 수 없는 북쪽만 바라보
고 혈육의 피는 자꾸 묽어져 간다 한 생을 마치기 전 한
번, 짧게 연주되는 아버지의 스타카토 아버지는 그곳에
마침표를 찍었고 난 그 옆에 쉼표를 찍는다

가득과 가족 사이

아내와 여행을 가다가
싸우고 돌아오는 길
기름을 넣으려고 주유소에 들어간다

'가득이세요?' 라는 말이
'가족이세요?' 라는 말로 들리는 순간

가득과 가족 사이에서 잠시 묘연해진다

가득이라는 것은
바닥난 속을 온전히 채우는 것이고
가족이라는 것도
서로의 빈 곳을 채워주어야 하는데

아내는 옆자리에서 눈감고
메마른 유전을 건너가고 있다
아무리 채우려 해도 금세 빠져나가는
사소한 빈틈
서로 다른 곳을 적시고 있는 건 아닐까

가득이 가족으로 들리는 배후가 궁금해진다

연료가 소진되며 자동차가 굴러가듯
그동안 우리 사이에 소진된 것은 무엇인가
소모되는 것들의 힘으로
일상을 지속하는 것인지도 모른다

바닥난 가족을 가득 채우러
다시 길을 떠난다

낙인烙印

　귀밑에 그믐달이 떠있다 그믐형의 석도가 지나간 듯
유년의 겨울은 귀밑으로 찾아왔고 아이들에게 둘러싸인
아이의 눈 속으로 먹구름이 들이쳤다 시려오는 발밑으
로 미끄러져 가는　얼음 위에서 아이는 투명해져 갔다
저녁은 아직 멀었는데 부지런히 눈보라를 만들어내는
캄캄한 구름 돌아서는 등 뒤에 찍힌 그들의 화인이 뜨거
웠다 엄마의 치마폭에 얼굴을 묻고 찍어낸 눈물 위로 폭
설이 내렸다

　누군가에 의해 눈을 감아야 했던 동공 속에서 슬픔의
배아가 무럭무럭 자라난다 그믐달이 뜰 때마다 그믐, 그
믐을 가슴에 음각한다 눈발 흩어지는 겨울 강가에 서면
눈 맞으며 떠나야 하는 철새들의 날갯짓이 인화되고 비
바람이 부는 여름날엔 과일들이 우수수 낙화한다 새겨
진다는 것은 세상의 기슭으로 깊게 스며드는 일 돌이킬
수 없는 그믐달이 만월로 부풀어 오르는 동안

즐거운 독설

바닷가 포장마차로 눈이 독설毒舌을 퍼붓는다
세상에 내려설 때까지 눈은 서로의 손을 잡지 않는다
열어놓은 비닐문 사이로 독한 눈보라가 들이친다
숯불 위 조개는 입을 벌리고 눈을 연신 받아먹는다
독설獨雪의 군무인가 독설毒雪의 배회인가
조개의 입을 억지로 벌리는 사내의 욕설
벌어진 조개의 입안으로 소주를 들이붓는 여자
조개는 열을 받아야 열린다
포장마차에는 온통 입을 벌리는 것뿐이다
조개탕이 끓어오르며 보글보글 독설을 내뿜는다
독을 먹고 눈[雪]을 먹는 바닷가 포장마차
독설을 뿜어댈수록 바다는 즐겁다
소주잔을 마주하고 앉아 독을 뿜어댄다
독설毒舌이 쉬지 않고 내린다
냄비 안 초승달 같은 조개의 입속으로
으르렁거리는 파도를 부려놓는다

어리석은 얼음꽃

얼음 속에 갇히기 위해
투명한 너에게 걸어 들어간다

로빙화魯冰花
너는 거름이 되기 위해 피어난 꽃이다
차밭에서 무수히 피었다가
그대로 삭아내리는

지기 위해 서둘러 피는 꽃
속절없이 찾아오는 불멸의 봄

너에게 세상은 봄밖에 없으므로
계절 바깥의 삶을 알지 못한다

폭설 같은 봄
나는 누군가를 위해
기꺼이 사라져갈 수 있을까

죽어서 그윽해진 향
진하게 우러나는 꽃의 말

너에게 걸어 들어간다
순교의 꽃에서 심장을 거두어
계절의 뿌리로 삼으려

어떤 파종법

1.
너의 눈빛이 내게로 와서 뿌리를 내린다
마음밭 깊숙한 곳에 자리를 잡고 너는 내 안에서 자라
난다
너를 경작하는 동안 나의 몸은 너를 향해 열려간다

나는 불면이 깊어가고
너는 연민이 늘어간다

오랫동안 발아를 꿈꿔
불온해진 마음속에서도 살아 움직인다
머리부터 발끝까지 온통 너의 생각뿐
너의 숨결마저 뿌리가 되어 나를 더듬는다

너를 온전히 심고 나서야
어둠을 견디는 방식을 알게 될 것이다

2.
너의 말이 내게로 와서 상처가 되었다

네 안에 서식하던 말이 날카로운 비수가 된다

나는 가슴이 조여들고
너는 연정이 줄어간다

너의 말을 해독解毒하기엔 너무 늦었을까
나의 슬픈 눈망울에 비친 너의 눈빛이 흔들린다

누군가를 받아들이는 일은
나 자신을 용서하는 것

소한도 小寒圖

새살이 돋지 않는 상처가 더 아프다
지나온 발자국들을 모두 덮어버리고
겨울은 몸에 새겼던 길로 찾아왔으나

정지된 화면처럼 시냇물은 얼어있고
시간도 얼어있다

텅 빈 버스정류장에선
바람이 버스를 기다리고
스쳐 지나가는 것들은 모두 풍경이 된다

표정이 굳어가는 그림자 너머로
새가 지나갔는지, 바람이 지나갔는지
누구도 기억하지 않는다

이마 위로 별들이 쏟아지고
굴뚝새가 마을을 가로지르며
별들에 밑줄을 긋는다

모든 것이 침묵하는 겨울
어제와 내일 사이에서 멈춰버린 온기

눈 내린 마을이 묵언수행 중이다

별 뜨는 택시

새벽녘 우주정거장에서 택시를 탔다
천정 한가운데 달아놓은 것이 명왕성이라 했다
더는 별을 만들 수 없어
택시에 달고 다닌다 했다
별의 별 이야기들이 유성처럼 떨어졌다
은하수 길목으로 까막별들이 몸을 감추고 있었다
불빛들이 점멸해가는 추운 별
미터기 숫자들이 서로 자리를 바꾸며 질주하고 있었다
저 별 무리 속 어딘가 내 집이 있는데
샛별처럼 반짝이는 어린 눈동자도 있는데
빛을 채워주지 않으면
더는 빛나시 않는 환한 상처도 있는데
날이 새기 전에 어둠의 집으로 가서
별을 띄워야 하는데
우주택시가 그만 태양계를 벗어나고 말았다
내가 내려야 할 지구를 지나치고 말았다
태양계 끝에 뜬 눈망울별 하나가
발을 동동 구르고 있었다
집으로 돌아가는 길은 너무 멀었다

지독한 행운

누구의 행운일지도 모르면서

초록의 피를 밀어 올리는 네 잎 클로버

씨앗에 난 상처를 감추기 위해

잎 하나 더 만든다는

마음의 굳은살

차라리 그 이파리 하나

떼어내고 싶다

칼의 맛

음식 속으로 수많은 칼자국이 박힌다
칼자국은 혈관을 돌며 몸속에서
골격과 근육을 키워낸다
손과 얼굴, 사상도 만든다

나는 무수한 칼자국을 삼키며 자라왔다
어머니의 칼날이 유년의 배고픔을 씻어냈고
누나의 칼질이 사춘기 격정을 도려냈다
그녀를 만난 이후로
나는 그녀의 도마 위에 오른 칼맛에 길들었다

오래도록 칼자루를 쥔 사람들이 나를 사육해왔다
혀끝에 비릿한 칼 내음
칼맛에 나는 오장육부를 베인다

잘리는 살점들의 날카로운 비명이 없다면
단면으로 배어 들어가는 칼의 맛을
어찌 알겠는가
상처가 맛을 내는 것이다

지문

파장은 엄지 끝에서 일고 있다
몸으로부터 파문의 떨림이 밀려오고
낯선 조류에서 표류 중인 난파선이 젖어들고 있다

손안에 바다가 있다
살갗에 서사가 새겨진 융선隆線
막 떠오른 달빛이 어떤 생을 감식하며
안으로 흘러드는 바다의 결을 채취한다
항로를 이탈했다고 하는 단서가 여기저기에서 발견되고

출렁이는 손가락이 수직으로 치달리면
때론 수평선이었다가, 먹먹한 흔적들이 뒤엉키고
한 번 새겨진 것은 지워져도 다시 생겨난다는데
물의 무늬 속으로 잠겨도 살아날 수 있을까

내가 보낸 조난신호는 식별되지 않았다
그 끝을 항해하던 날들이 수평선에서 멀어져간다
파장은 그칠 줄 모르고 어디에도 가닿을 수 없는
바다가 나를 날인하고 있다

관음_的 오후

햇볕이 대책 없이 사정하는 날
벚나무 무성한 꽃그늘 아래
자동차 한 대

거울을 보는 척, 슬쩍 유리 안을 훔쳐 본다
격정에 휩싸이던 차 안이 순간,
조용하다

내 두 눈과 마주친 네 개의 눈이
황망하다

차 밖에 있는 내가 더 놀라
화들짝 뒤로
물러선다

안을 보려고 하면 할수록
선팅거울은 완강히 나를
밀쳐낸다

누군가를 바라보는 것은
그 속에서 나를 찾는 일이다

유리거울 속 반사의 이면에서
하나의 풍경으로 담겨있는 나를

2부

파르마콘*

　

　세상에서 가장 강한 독은 중독이다 너라는 독을 받아
들인 후 눈이 멀었다 치사량에 가까운 너를 들이마신 후
너라는 섬광으로 눈이 멀었다 온몸으로 퍼져버린 너는
나의 혈관을 뜨겁게 하고 눈먼 동공 속에서 너의 눈으로
만 세상을 바라본다 심장을 관장하는 여신이 되어 보이
지 않는 나를 길들이고 있다 끝인 줄 알면서도 그 끝을
향해 달려가는 이 정체 모를 세계는 어디인가 치명적인
독을 숨긴 너와 마주하고 있다 아니 오히려 그 독이 아
니면 살아갈 수 없다 투구꽃을 먹으면 심장이 강해진다
는데 투구꽃을 송두리째 뽑아먹고 너와 나 죽을 때까지
사랑 한 번 해볼까

아름다운 독毒
부작용으로 너를 호흡하기 시작했다

* 파르마콘(pharmakon) : 약과 독 모두를 의미하는 그리스어

달빛 여인숙

헐거운 그물 틈으로 바다가 새어들면
지쳐 흐려진 물고기들 골목으로 힘없이 밀려 들어온다
달이 달방달방 떠있는 밤
쿨럭거리는 뱃고동소리가 쇠기침으로 들려온다
바닥을 치는 지느러미 상처 위로
백열등이 불빛을 게워내고
아무렇게나 표류하는 빈 소주병들이
방과 방 사이에서 장기투숙하고 있다
눅눅한 잠을 파먹으며 오래된 섬처럼 몸을 뒤집는 그들
상처 입은 아가미로 물 밖 세상을 간신히 호흡한다
달빛은 달 빛을 먹고
기울고 차올라 다시 문을 여는데
달빛조차 빠져나갈 수 없는 달방
검은 살점을 가린 채 또 문이 닫힌다
가로등이 길어 올린 달빛
비린내 나는 골목을 비추고 있다
달에 세들어 살면 달의 높이로 살 수 있을까
바다에 뜬 달이 바닥까지 가라앉으면
나도 그 속으로 바다를 베고 잘
달방 하나 얻으러 간다

백야 白夜

중환자실에는 밤이 찾아오지 않는다

모든 것이 잠으로 스며든 시간
너는 지금 어느 찬란한 밤을 건너고 있는지
네가 잠들어 있는 침대 옆에서
함께 어두워지기란 늘 어려운 일

이곳을 지키고 있는 것은 너라는 모순
인연이 헐거워진 매듭처럼 풀어져 가고
어둠이 문밖에서 서성거릴 때마다 너는 자꾸만 돌아누
웠다
고독한 잠은 너의 선택이었으니까

기억의 분모를 전부 버리고
네가 얼마 만에 몸을 뒤집는지 어떤 꿈을 꾸는지
너를 아무리 내 속에 수납해 두어도
금세 빈틈으로 빠져나가고 말지

너무 깊은 병은 무거운 고요를 품고 있다

야윈 허리춤으로 빠져나가는
밤의 뼈들

가끔은 흔들리는 걸 알면서도
그냥 내버려 두는 것은
아직도 내 안에 보관할 슬픔이 남아있기 때문

어둠을 딛고 있는 시간만큼
감겨진 눈꺼풀에 하얀 밤을 등처럼 켜든다

두 번째 화혼

오래된 독이 되어
검은 물을 퍼올리는 아버지

숨 쉬는 일이 가장 힘들어 보이던 새벽녘
폐암 진단 십사일 만에
숨마저 봉해버렸다

누군가 결혼식장으로 갈 봉투를
잘못 내고 간 것일까
부의 봉투 틈에서 홀로 빛나는
'축 화혼'

그러고 보면 죽음이라는 것은
또 다른 세계로 첫발을 내딛는 일이니
두 번째 화혼華婚이다

먼저 가신 어머니를 만나러 가셨을까

마지막 길을 배웅하고 돌아오면서

떠나야 하는 곤혹과
보내야 하는 지난함을 생각한다

검은 물이 빠져나간 달밤
희게 빛나는 문장들이
봉투 속으로 스며든다

직선의 눈물

비가 수직으로 내린다
옥탑방 슬레이트 지붕이
빗물을 고스란히 받아내고 있다

저 기울어짐이 없다면
어떻게 빗물을 흘러보낼 수 있을까

각을 세운 계단도
비스듬히 기울어 사람을 받아주고 있다

흘러가지 않고 멈춰있다면
흔적은 지워지고 마는 것인네
직선으로 내리는 내내
그림자마저 울지 못한다

지구에 세들어 사는 인간들을 흔들어놓는
기울기의 값은 0 (직선)이다

기울어가는 날들

옥상 콘크리트 바닥에서 잡초는
어떤 각도를 붙들고 마지막 물기 채우고 있는가
전봇대 위에서 바람은 곡선의 소리를 낸다

몸을 기울이면
몸속에 들어있는 눈물이 쏟아져 나올까

물의 얼굴

얼어붙지 않으려면

끊임없이 흔들고 흔들려야 하지

산 그림자 다녀가고 나면

달빛이 어깨를 건드리며 지나간다

새들도 이젠 시퍼런 낯빛에

얼굴을 비춰보지 않는다

물 위에서 마주치던 눈발이 그리워진다

구름이 나를 읽고 간다

물속에 얼굴을 묻어도

목이 마르다

내가 증발하지 않으면 갈 수 없는

보이지 않는 출구를 찾아본다

수면에 내려앉는 빗방울이 될지라도

피아노에 젖다

비 오는 밤 종로 뒷골목에서 발로 치는 거대한 피아노를 보았다 빨간 힐을 신은 여자가 건반 사이를 뛰어다니고 그럴 때마다 음표들이 톡톡 튀어 오르고 있다 음표를 입에 물고 골목길에 소리를 불어넣는 여자 피아노 연주곡이 밟는 대로 두드리는 대로 모세혈관 속으로 스며든다 넘어질 듯 온몸으로 아찔한 건반 위에서 높은음으로 뛰었다가 잦아들기도 하고 잦아드는가 하면 다시 튀어오른다

연주가 끝날 때까지 건반 밖으로 꺼내지 못하는 낮은음의 통증, 스멀거리는 소리만 자꾸 빨아들인다 빗방울이 바닥을 두드리며 거리를 연주하고 있다 네가 밟고 있는 땅도 걸어갈 때면 소리를 낸다 검은 건반을 밟으며 살아온 반음의 시간을 발에 묻히고 털어내지 못하고 있다 귓가에 맴도는 피아노 연주곡이 사라진 피아노길로 나란히 걷고 있다 골목길이 빗소리를 연주하고 있다

허물을 주워 입다

성묘 가던 길에 뱀의 허물을 보았다

가던 길 벗어던지고 어디로 가는지
구불구불 궤적도 남기지 않은 채
사라진 눈동자만
허공을 바라보고 있다

허물을 집어 들었더니
손에 달라붙어 떨어지지 않는다
허물은 아직 젖어 있다
이슬 머금은 풀잎 낮게 엎드려
풀뿌리를 잡고 있다

누구도 덮어주지 못할 허물
두 번 다시 돌아보지 않을 저 허울
허물이 분신을 다독인다

깊고 짙은 허물의 그림자가
나를 자꾸 길 밖으로 밀어낸다

우기 雨期

너를
술잔에 띄워놓는 일이 잦아졌다
부재가 만들어낸 간절함을
음극의 시간으로 채워가고 있다
새들이 부지런히 구름을 물어다
땅에 부려놓는다
심장에 흐르던 폭우소리와
네 눈에서 내리던 눈물이
내[川]를 이뤄 함께 떠내려갔으나
지천에서 갈리었다
물을 견디는 일은
바닥을 드러내는 강물보다 쉬운 것
언제 우리가 강에서 다시 만나
범람할 수 있을까
그치지 않는 너를 따라
바다로 흘러 구름이 된다 해도,
페가수스의 별빛을 기다리며
유실된 너를 흠뻑 들이키는
비[悲]의 시간

비에 젖은 시선이
술잔을 흔들어놓는다

발자국 껍질

집 안 여기저기 웅크리고 있는 내 양말 온종일 나를 넣고 다니다가 누가 볼까 몰래 토해낸 것 나보다 먼저 땅을 딛고 늦은 밤까지 나를 신고 다니며 풀리지 않는 암호를 뱉어낸다 잘못 태어난 밤이 어김없이 나를 맨발로 버린다 내일도, 그 다음 날도,

끊임없이 버림받지 않으면 불안해지는 밤 현관 앞이나 화장실 앞, 침대 밑에다 기꺼이 나를 버리고 발견을 기다리는 유물 어느 곳에서 빠져나왔는지 나조차도 찾을 수 없는, 나를 뒤집어버리고 돌돌 말아버린 생의 굳은살

고치에서 빠져나온 누에처럼 느릿느릿 귀찮아지는 여정 아내는 제발 세탁기에 갖다 넣으라고 성화다 체념한 듯 끊어진 길을 잡아넣고 세탁기를 돌려댄다 발자국이 따라 돌아간다 지나온 길이 어지럽다

물이 지은 집

매서운 바람에 어깨 출렁이며
곪아가는 투명한 집
맑은 생을 삭혀 지나온 시간 덮는다
허공이 먼저 집이 되어
낮게 움츠린 바닥 응시하고 있다
뜨거운 상처로 부풀어 오르는
물의 살갗들
출구가 없는 지붕 하얀 통증으로 팽팽하고
주춧돌도 기둥도 없이 물만 가득한,
끊임없이 부대끼며 지껄이는 말들이
수면으로 오르지 못하고 얼어붙는다
제 몸 얼려가는 지붕은
물속 소리를 따뜻하게 감싸고 있다
뿌리에서 솟구쳐 나오는
환한 눈물 흘릴 때까지

방생

좁은
골목길
할머니가
앞서
걷는다

느리게
느리게
땅만 보고
걷는다

경적도 누르지 못하고 그 뒤를 따라간다
머리가 점점 땅에 가까워지고 있다
온 힘을 다해 어디로 가시는가

배꼽이 할머니를 끌고 간다
중심에서 떨어져 나가려는 배꼽을 움켜쥐고,
둥근 방의 기억을 따라 점점 제 몸을 말아간다
이따금 멈춰 서서 등 들썩이며 숨을 몰아쉰다

배꼽이 내 차를 끌고 간다
지루한 오후를 끌고 간다
대로변에 이르자 뒤돌아보며
어여 가라고 비켜준다
잡고 있던 길을 놓아주자
한 생生이 성급히 지나간다

걸음의 무덤

돌아가야 할 길이 보이지 않는다
기계 위에서 달리는 기계

정지된 풍경을 거느리고 달린다
한 평도 안 되는 길에서
수십 킬로미터가 풀려 나온다

발자취는 사라지고
표정없는 땀방울

헐렁한 걸음으로 들어가면
몸속의 길들이 풀러나올 듯힌데
보폭에 맞게 걷다 보면
풍경이 나를 따라올 것도 같은데

나는 식물이 되어가는 것이 아닐까
아무리 달려도 제자리걸음인

걸음의 그림자가 발목을 꺾고 정지한다

유폐된 바람 속,
모든 사람이 제 몸속으로 걸어 들어가고 있다

문양석

수반에 올려진 돌 안에서
보름달이 뜨고 새가 난다
뚫린 구멍으로 바람도 난다

낙숫물에 뚫린 어둠이 부드럽다
얼마나 많은 눈물을 떨구고
저 무늬를 얻었을까

부드러운 쓸림이
직선을 곡선으로 만든다

천 년 만에 빠져나온 새의 다리
조각난 생들을 가두고
굳어져 가는 것이 어찌 돌 뿐이겠는가
깨진 것들을 가슴에 묻는다

뜨고 날 수 없는 돌
울음을 가둔 채
세월을 뒤척이고 있다

눈물의 온도

흘려보지 않고는 알 수 없다

깊은 수심에서 길어올려 진 수액처럼
뿌리를 건드리고서 나오는 눈물은
숫자로 표시되지 않는 심지心地

눈물은 얼지 않는다
상류를 향해 거슬러 올라온
짜디짠 맺힘

어깨를 들썩여보지 않고서는 모른다
건조한 일상의 모퉁이를 돌아
몸을 떠나갈 때
천천히 사라져가는 것들의 온도가 어떠한지를

푸른 별과 붉은 별이 내뿜는 빛의 시차
꼭 그만큼의 거리에서 눈물 온도가 달라진다

그 온도가 기억하는 몸의 떨림으로
다시 끓어오를 눈물을 기다려야 한다

3부

고비사막을 건너다

마지막이면서도 처음인 순간이다
호스피스 병동
굳어가는 표정을 꺼내 풀어주고 싶은 누이
사막화되어가는 몸의 길로 생이 역주행 중이다
겨울 황사로 뒤덮인 병동 너머 나뭇잎 하나
앙상한 가지를 거꾸로 붙잡고 있다
고비다,
물줄기를 찾는 바늘을 피해
자꾸 숨는 메마른 핏줄
모래색으로 변해가고 있다
가던 길의 끝에서 출구가 보이지 않을 때
길을 돌아 끝에서부터 시작해본 적 있는가
바람이 조금만 불어도 놓쳐버릴 것 같은
지문이 지워지고 있다
사막을 걷는 것은 물관을 끊임없이 찾아가는 일이다
지나가는 것은 모든 이별의 방식
손끝에 석양의 무늬가 스민다
그녀, 고비사막을 건너는 중이다

다비식

성탄 전야
전깃불을 감은 나무
불佛이 되어 경을 읽는다

불의 뿌리와
나무뿌리가 하나 되어 타오르며
도심을 밝히고

어두운 거리마다 알전구들이
사리처럼 박혀있다

달리는 섬

8차선 도로 위를 차들이 달린다

검은 아스팔트 바다 위로
바람 가르며 질주하고 있다
시속 60노트의 속도로 시간을 추월하고
파도가 말 걸어와도 멈추지 않는 섬
봄이 되어도 꽃은 피지 않고
새 한 마리 날아들지 않는다
그 섬은 처음부터 섬이 아니었다
내 안에 고립된 욕망과 함께
언제부턴가 나는 그곳에 살기 시작했다
섬과 섬들은 서로 말을 하지 않는다
서로의 선을 넘지 못하고
잃어버린 자신들을 찾아 두 눈에 불을 켠다
바람의 문을 열고 나서면
크고 작은 또 다른 섬들
잘 포장된 진공 팩처럼
섬들이 인간을 포장하고 있다

길 위로 외로이 섬들이 달린다

Enter your password

가까이 가면 갈수록
사람은 왜 스스로 빗장이 되는가

암호를 입력해야만 열리는 사람들
완강하게 저항하는 문 앞에서
가늘고 긴 목을 늘어뜨린다

열리기만 하면 눈빛을 섞을 수 있을 텐데
열리지 않는 심장을
노크해 본다

Enter your password

잊지 않으려 할수록 더욱 쉽게 잊어버리고
잊으려 할수록 자꾸만 더 생각나는
풀리지 않는 암호 같은 눈동자들

마지막 주유소

어디까지 갈 수 있을까
빈 마음을 끌고

속을 비워야만
령嶺에 닿을 수 있다는데
자꾸 속을 채우고 가라 한다

차가운 어둠이 창가를 두드리고
겨우내 돌아왔던 길들이
연신 발목을 잡는다

고속도로로 진입하려는 차량
어디를 향해 가는지
왜 가야 하는지
같은 길을 달리고 있어도
종착지는 각기 다른데

누구나 비움과 채움을 반복하며
달려가는 길 위

살아있다는 것은
아직 갈 길이 남아 있다는 것

오라고도 가라고도 않고
길 끝을 모아쥐고 선
마지막 주유소

달팽이

어제 달팽이와 술을 마셨다
60년대풍 선술집에 앉아
먼 기억에서 온 편지처럼
오래도록 막걸리를 읽었다
온종일 다림질을 해서인지
그의 몸은 점액질로 축축하다
한때 최루탄 냄새는
그의 등에 붉은 줄을 그었고
그가 할 수 있는 일은
긴 더듬이 끝에 다리미만이
세상 속을 더듬거리고 있다
아직도 그의 자존심은
나선형의 껍데기처럼 단단하다
먹여 살려야 할 여섯 식구를 등에 짊어지고
치매 걸린 노모가 걱정이라며
술 마시는 내내 그 짐을 내려놓지 못했다
날고뛰는 재주는 없지만
가장 낮게 천천히 기어가다 보니
누구보다 땅을 잘 안다고 할 때

그가 만지는 것은 눈물로 젖어들었다
술 취한 달팽이가 그의 온몸을
여섯 평 남짓한 세탁소에 밀어 넣었다

그늘의 밀도

주산지 왕버드나무는 그늘도 크다. 구름도 가끔 저 그늘 속으로 숨어들겠다.

지친 새들도 몰려와 젖은 영혼을 그늘에 말린다.

뿌리를 덮을 수 없는 그늘 밑에만 오면 나는 왜 마른 궤짝처럼 뒤틀리는가.

손을 물에 담그자 그늘이 함께 물에 잠긴다.

그늘이 커질수록 밑동이 썩어들어가는

어머니나무, 큰 그늘 밑에만 오면 나는 명치끝이 아리다.

늘어진 손 그림자 주름이 짜글짜글하다. 물결이 주름을 물고 간다.

누구도 저 그늘을 대신 짊어질 수 없겠다.

청환석 青丸石

천 년을 바닷물에 씻어야 푸른 보석이 된다는데
너를 기다리며 별빛에 젖은 물결무늬를 새겼다
파도치는 심장을 기약 없이 끌어안았다

푸른빛을 얼마나 덧칠해야 광채가 나는가
안으로 안으로
그리움이 뼛속 깊숙이 스며들고
푸른 달이 뜨고 질 때마다
너는 내게 들고 났다

문득 나의 사랑이 들켜버리고
물속에 들어야 비로소 푸르러지는 돌처럼
너에게 잠겨 푸른 꿈을 꾼다
너의 숨결로 나의 주름을 지워나갈 때
별들은 모두 나를 향해 떠 있었지

네가 나를 떠나는 순간
나는 푸른빛을 놓아버린다

상추꽃

꽃을
숨기고 있었습니다

몸속에
문신 하나씩 새겨 넣었습니다

간직한다는 것
외롭지 않은 고통은 없습니다

송두리째 뽑히지 않도록
상처 난 자리에 서둘러 푸른 세포들을 채웠습니다

누군가의 촉각이 느껴질 때마다
바람의 심장 소리를 듣습니다

아무도 뜯어가지 않을 무렵
그리워하던 것들을 위해
꽃대를 폭로합니다

통점에서
노랗게 소문이 피어납니다

정전

아파트가 질끈 눈을 감았다
오래도록 찾지 않았던 계단 앞에서
묵직한 어둠을 짊어진다

길을 접어 만든 계단을 오른다
어두워질수록 소중한 길
서둘러 마음에 센서등 하나 켜고
결대로 잘 접힌 층과 층 사이
내 발길 닿는 곳마다
발자국 새겨 넣는다

계단을 구겨 넣고 살았던 내 몸에서
풀려 나오는 길들, 때로 끊어졌다가
다시 이어지는 생각의 끝을 잡고 헤맨다
마음을 헛디뎌 발이 엉키면
구겨진 매듭 근처에 앉아
걸어왔던 길들에 이름을 붙여줘야 한다

세상에 접힌 모든 것들을 위해

추락과 비상의 경계에서
침묵으로 서 있는 길

멈춰있는 시간 속에서
잊었던 길이 나를 내려다본다

문득,

다다르기 위하여 언제든 떠나야 한다
승객 한 명을 태우고도 떠나야 하는 열차처럼
아무것도 아닌 일에 대한 기록이 가슴을 쓸어내리는
슬픈 저녁

돌이킬 수 없는 것들을 생각하면 아물지 못한 상처들과
낯 붉히며 돌아서던 얼룩진 너의 얼굴 떠오르고

문득, 귀 기울여보면
먼 길을 돌아 막 도착한 너의 인기척이 들려오고

문득, 바라다보면
보이지 않는 곳에서 너는 어두운 풍경으로만 보이는
것 같은데

깊은 맛을 내기 위해 우려낸 삶들이
어느 곳에 배어들어 가야 하는지를 스쳐 가는 바람에
물어본다

　오래된 밤을 만지다 보면 거칠어진 어둠의 내력이 읽
힌다
　어디에도 머물 수 없는 소란한 발자국들이 휘청거리는
밤길
　헛디뎌온 발을 끌어모으고 날마다 너를 쓰고 또 지운다

　문득,
　잊으려 애쓰는 틈 속으로 인연이 불현듯 스며든다

옐로우 하우스
— 불두화

그녀는 헛꽃이었다
화사하게 피어있는 허방의 꽃 꽃잎 열고 바람을 기다
린다 짙푸른 이파리 위로 멍울멍울 피워올린 하얀 꽃들
꽃잎이 늘어날수록 수심은 커져만 간다

꽃씨 하나 품는 게 소원이었다
어둠 속에서 바라보는 바깥세상이 눈에 아픈데 화관의
슬픈 목울대가 일렁인다 적셔도 적셔도 젖지 않는 방 나
비는 헛걸음만 하고 나간다 혼자서 기른 상상의 열매를
허공에 매단다

ㄲㅗㅊ ㅎㅏㄴ ㅅㅗㅇ ㅇㅣ

자음과 모음들 한곳에 머무르다
꽃이 된다
바람도 구름도 전화기 속으로 들어서면
꽃 한 송이로 피어난다

살아있는 것이 늘 자신을 흔드는 것처럼
말할 때마다 살랑살랑
향기가 피어오른다

허리 휘어 감고 지그시 입술을 누르면
비명이 들린다

그녀의 입술은 내 귀와 맞닿아 있어
숨쉬기만 해도 내 귓불이 붉어져 간다

심장 소리로 빚어진
말 한 송이

가위

누군가 잠을 오려내고 있다

사각의 검은 종이 위에 그려져 있는 나
어둠 저편에서 검은 실루엣이 생각을 잘라내고 성대를
끊어낸다
검은 피를 흘리며 천천히 다가온다 벽시계 초침소리도
나를 누르고 보이지 않는 손이 목을 누른다 死力을 다해
도 꼼짝할 수 없다

몸의 절취선을 따라 오려나간다

사내의 눈이 내 눈을 들여다보고 있다 애원과 참회의
눈빛이 허공에서 잘린다 끊어질 듯 이어진다 생의 마디
마디에서 풀지 못한 매듭들이 잘려 나가고 내가 올린 보
고서가 잘려나가고

드러난 여백 속 끝이 보이지 않는 공포와 전율의 시간
잘려나간 잠 사이로 어둠은 다시 스며든다

넥타이

침묵이 목을 짓누르고 있다
자유와 구속의 경계에서
올무에 걸린 짐승처럼 조여 오는 끈
나는 얼레의 실만큼만 날 수 있는 연이다
저 창공을 향해 마음껏 날고 싶지만
결코 벗어날 수 없는 굴레
줄을 서고 세우는 것으로부터 자유롭지 못한,
가파른 세상을 붙잡고 있는 실이 팽팽해진다
목줄을 당기면 꼬리를 흔들며 수직으로 올랐다가
찬바람에 맞서 발버둥을 친다
살짝 놓아주면 맥없이 풀어져
허방 딛고 두근거리는,
실의 길이 안에 사는 한 마리 새
어느 숲으로도 갈 수 없는
새의 지저귐은 슬픔인가 기쁨인가
부리로 저무는 노을을 쪼고 있다
목줄에 매여 충혈된 눈으로
나는 오늘도 출근한다
실의 길이를 벗어나지 않기 위해

4_부

갈등葛藤

등나무 숲에 당도했을 때, 안개는 이미 숲과 나무들을
휘감고 있었다 너는 우로 나는 좌로 안개를 헤치며 나아
간다 끝이 보이지도 풀리지도 않는 시작, 누가 먼저랄
것도 없이 서로 얽혀드는 칡과 등나무

어디에도 없는 끝으로 가는 중이다 팽팽하게 꼬아 올
라가다가 늘어져 버린 줄기, 발치 아래 떨어져 흙이 되
어가는 나뭇잎들은 누구의 계절에서 피고 지는 것일까
너와 나의 엮임을 무엇이라 읽어야 하는 것일까

공중으로 몸을 던지며 통증들을 쥐어짠다 뜨거운 태양
속으로 기어들어가고 싶은데 걷히지 않는 안개의 뺨에
주먹질만 해댄다 꿈틀거리는 삶의 빛깔들은 천천히 변
해가지만

풀어내려 할수록 더 조여드는 매듭이 있다는 것을
등나무 숲에 와서 알았다

누군가 등을 돌리지 않으면 헤어날 수 없는
갈등의 숲

손, 혹은

잠잘 때
손을 모으는 것은
한 손이 다른 손을 위로해 주는 것

잠잘 때
가슴에 손을 얹는 것은
온종일 뛰어다니던 심장을 잡아두는 일

잠잘 때
머리에 손을 얹는 것은
불면에 지친 영혼을 달래주는 것

스쳐 간 사랑
떠나간 미련
불현듯, 내일의 이별을

도무지 놓지 못하는

푸른 울음을 삼키다

작은형이 청개구리를 삼킨다
소아마비로 잘 걷지 못했을 때
엄마가 억지로 먹이기 시작했다는 청개구리

밤마다 논둑으로 나가
푸른 울음을 꾹꾹 삼킨다
울음 몇 마리가 순식간에 밤하늘을 넘어간다
검은 밤이 뱃속에서 출렁거린다

그 속에서 청개구리는
길을 잃고 어디를 헤매고 있을까

제멋대로 뻗어 올라오는 삐삐 풀밭에 앉아
고막이 터지도록 울어댄다
비가 올 때보다 더 크게 운다
불룩한 배를 쓸어내린다

울음도 자꾸 삼키다 보면 없어지는가

어느 날부턴가
청개구리가 삼켜버린 작은형은
더 이상 울지 않았다

무꽃

뿌리만 알고
꽃을 품은 것을 몰랐다

다용도실에서 오래 침묵하던 무

마지막 힘을 다해
꽃대 밀어 올렸을 가열한 꽃

꽃망울 하나 터트릴 때마다
제 몸속 물기를 말려가며

허공에 뿌리박고
연보랏빛 기억을 피워올린다

몸에 바람을 들여놓은 후
피워낸 꽃이라 더 아름다운가

바람 든 자리에
마음을 들여놓고 있는가

속을 비워가는 무無가
열반에 들었다

시간의 집을 버리다

어디를 향하던 시간인가 누군가 버려두고 간 시계, 아
직도 바늘이 돌아가고 있다 지나던 걸음 멈춰 가만 들어
보니 초침소리 요란하다 출렁이는 그 속에 붙들려 있던
시간과 남아돌던 생각들, 분초를 다투던 서두름도 일제
히 쏟아져 나온다

시계를 버리는 것은 두려운 일이다 산채로 버려지는
것들이 내는 간절한 소리를 외면하고 내 몸에 새겨진 시
간까지 한 움큼 떼어 내버리는 일 죽지 않은 시간이 돌
고 또 돈다

어디로 돌아가는 소리인가 잠시 머물다 떠나갈, 세상
을 모두 수거해 갈 어둠이 깔리고 미처 회수되지 못해
떠도는 소리가 초조해지는 순간

거미에게 들키다

어느 햇살 좋은 날
내 거미줄에 알몸으로 걸린 마누라
침대는 거미줄처럼 탄력 있고
열어놓은 베란다로 들어오는 햇빛그물이
우리를 사로잡았다
파닥거리는 그녀에게 천천히 다가가
끈끈한 타액으로 거미줄을 만든다
몸에 밑그림을 그리기 시작하면
떨림이 혀끝으로 전해오고
난 아슬아슬 거미줄 타며
바람 부는 대로 붓을 맡겨본다
뾰족한 나의 촉수들이 움푹한 굴곡들 찌르면
늘 허공만 껴안고 있던
그녀의 입에서도 가늘고 긴 소리의 실이 풀려나온다
서로에게서 흘러나온 실들이 엉겨들 때
갑자기 창밖에 커다란 거미 한 마리 !
벽화를 그리다가 충혈된 내 눈과 마주쳤다
화들짝 놀란 그는 거미줄을 타고
황급히 하강해 내려갔고
내가 들킨 그림은 황망하게 지워졌다

외상사절

달빛을 넣어 갓 지은
아침 한 끼로 새벽을 여는 함바식당

붉은 매직으로 비스듬히 쓰인
'외상사절'

검은 얼굴을 가진 사람이 흰밥을 먹는
낯익은 풍경

인부들이 외상을 밀어 넣고 있다
밥그릇 숫자대로 정正자가 그려지고
위상 속으로 빨려 들어가는
창백한 밥의 안부가 궁금해진다

갚지 못한 허기들이 황급히 새벽을 삼킬 때
먹는 자들의 속성은 돌려주려 하지 않는 것

외상이라는 말이 외상外傷으로 읽힐 때
빈 밥그릇의 공명共鳴이
서둘러 현장으로 빠져나간다

통증의 뿌리

사람의 등에서 피는 꽃이 있다

온전히 피로 만개한 꽃
통증에 뿌리를 박고 몰려있는 수액을 끌어 올린다
늘 뒤꼍에 피어 있어
쉽사리 들키지 않는 꽃

아픔이 서식하기에 적당한 삶의 여기저기에서
인주도 없이 붉은 도장을 찍어내는 꽃들

꽃잎에 새겨놓은 문자들이 등을 수놓는다
피를 불러 피워낸 꽃이
흔적 속으로 사라진다

등 돌린 서쪽 하늘 뒤로
어혈처럼
검붉은 태양이 뜨겁게 피어난다

멜랑꼬리

꼬리는 없다
아니, 짧다

모든 끝나가는 지점에 꼬리가 있다
누구도 만지거나 쓰다듬어 주지 않는다

뒤에서 문을 닫았는지 꼬리가 아프다 등이 가려울 때
마다
꼬리뼈를 긁는다 꼬리의 생명은 흔들고 흔들리는 것
악수를 하거나 얘기할 때 꼬리부터 움찔거린다
기어야만 할 때는 곧추세우려고 한다

때론 몸통을 흔들고 싶을 때도 있다
아무리 흔들어도 몸통의 생각은 바뀌지 않고
꼬리만 자르려 한다

흔들고 싶지 않을 때에도
왜 흔들리고 있는지

정상에 다 왔다고 느끼는 순간
언젠가 잘려나가야 할 것에 대비해야 한다
머리가 아닌 꼬리의 생각으로

오늘도 없는 꼬리가 아프다

소실점

반대편에 있어야 한다
서로가 존재하려면

누군가 각을 틀면
언젠가 한 점을 이룰 것인데

멀어질수록 다가가며
아슬아슬하게 소실이 된
건너편에 대한 기억

마주쳤던 자리에서
각도가 생겨난다

시선이 멀어져갈 때 자라나는
슬픈 원근법

마른 침을 삼키며
올려다본 하늘에
별들이 간절하게 투영되고 있는데

풍경으로 태어나
점으로 사라져간다
선을 그어야 점으로 만나는
너와 나의 투시도

일막一幕

이제 조명은 꺼졌다

한 남자가 셔터를 내리고 있다
가게 안에 진열된 숙녀의 시선을 외면하며

미처 빠져나오지 못한 분 냄새와
아무렇게나 내뱉어진 말들을 닫아버린다
삐걱거리며 내려오는 생生의 일막一幕

초점 잃어가는 가로등처럼
셔터의 주름은 점점 어두워져 가는데

제대로 문을 열고 들어간 적 없는
남자의 밖은
늘 열려있다

이마의 주름은 왜 자꾸 깊어만 가는가

젖어있는 어둠이

문틈으로 새어나온다
내려진 막 뒤에서
어둠의 발들이 부산하다

문을 닫는 것은
스스로 어두워지는 일

취산醉山

나는 해발 176㎝
어느 바다로부터 출발한 거리인가
한 평도 안 되는 땅을 딛고
간신히 산으로 서 있다
분주한 바람에 풍화되어 가는 동안
숨은그림찾기의 배경처럼
표정이 멈춰있다
눈에 맺힌 고독이
한잔의 소주잔에 담길 때
깊은 숲 속으로 쏟아 붓는다
산속에서는 어떤 일이 들고 나는지
내 안에서 자라고 있는 나무는
나이테에 기록을 적어간다
나무는 잎사귀를 가져서
잘 들을 수 있다는데
그 잎사귀의 귀를 빌려
뿌리로부터 길어 올려진 언어를 듣고 싶다
흉터가 남아있는 곳에
듣지 못한 언어가 고여 있을 뿐

먼 산맥으로부터 불어오던 어린 바람
그루터기에 걸려 넘어지고
비탈에 매달려 있는 가을이 나무에
침묵하는 법을 배운다
구름이 얼굴을 가리는 날엔
심장 식어가는 소리가 숨을 삼킨다
바다에 이르지 못한 빗물이 스며들던 곳
내가 취하니
가을 산이 온통 붉게 물들어간다

해인사 海印寺

바람이 경을 읽는다

산사를 지나는 새가
독경소리를 품는다

새가
하늘 높이 찍어놓은
팔만대장경 八萬大藏經

먼 길 떠나는 새들이
바람을 읽는다

쉼표와 마침표 사이의 괄호 넣기

박 남 희(시인)

1. 안의 괄호와 밖의 괄호

인간은 누구나 그 안에 괄호를 품고 살아간다. 괄호는 비어있음이면서 미지이면서 불확실성이면서 동시에 억압과 불안과 욕망의 상징이다. 억압과 결핍이 불안과 욕망을 낳는다. 욕망의 관점에서 괄호를 보면 채워야 할 어떤 것이면서 동시에 비워야 할 어떤 것이다. 괄호를 채우고 비우는 일은 전적으로 욕망하는 주체의 몫이다. 그런데 괄호는 주체의 안과 밖에 동시에 존재한다. 안의 괄호와 밖의 괄호 사이에는 팽팽한 긴장관계가 형성되기도 한다. 사랑하는 일은 안의 괄호와 밖의 괄호를 동시에 들여다보고 그것을 채우거나 비워나가는 일이다. 밖의 괄호를 채우는 일이 안의 괄호를 채우는 일이 될 수도 있고 그 반대도 성립될 수 있다. 그런데 안과 밖의 괄호가 불균형을 이룰 때 상처와 괴로움과 슬픔이 생겨나기도 한다. 이러한 불균형을 해소하기 위해 때로는 쉼표와 마침표가 필요한 경우도 있다. 이 땅에는 무수한 괄호가 있고 무수한 쉼표와 마침표가 있다.

이희섭의 첫 시집 『스타카토』에는 여러 가지 풍경을 그 이면에 숨겨둔 괄호가 보인다. 그의 괄호 속에는 상처가 보이기도 하고 그리움이나 그늘이 보이기도 한다. 그런가 하면 또 다른 괄호 속에는 꽃이나 새가 보이기도 하고 달이나 길이 보이기도 한다. 그는 이처럼 다양한 괄호 속 풍경들을 스타카토 한다. 스타카토는 이희섭 시인이 세상을 바라보는 방식이고 동시에 시를 쓰거나 사랑을 하는 방식이기도 하다. 시인에 의하면 인생이란 "어디를 향해 가는지/ 왜 가야 하는지"도 모른 채 "누구나 비움과 채움을 반복하며/ 달려가는 길 위"(「마지막 주유소」)의 삶이다. 그렇게 시인의 인생이라는 괄호는 채워졌다가 비워지고, 비워졌다가 다시 채워지는 삶의 반복임을 보여준다.

이희섭의 시에는 길 이미지가 많이 나온다. 그것은 시인의 인생에 대한 사유가 그만큼 깊다는 것을 의미한다. 이희섭 시인의 길 이미지는 안의 괄호와 밖의 괄호를 이어주는 끈과 같은 것이다. 그는 끊임없이 세상과 만나기 위해서 자신의 괄호를 열고 밖으로 나간다. 하지만 그의 외출은 행복한 결말을 향해 있지 못하고 불안이나 결핍을 만나거나 추억 속으로 거슬러 올라가기도 한다.

집 안 여기저기 웅크리고 있는 내 양말 온종일 나를 넣

고 다니다가 누가 볼까 몰래 토해낸 것 나보다 먼저 땅을
딛고 늦은 밤까지 나를 신고 다니며 풀리지 않는 암호를
뱉어낸다 잘못 태어난 밤이 어김없이 나를 맨발로 버린다
내일도, 그 다음 날도,

    끊임없이 버림받지 않으면 불안해지는 밤 현관 앞이나
화장실 앞, 침대 밑에다 기꺼이 나를 버리고 발견을 기다
리는 유물 어느 곳에서 빠져나왔는지 나조차도 찾을 수 없
는, 나를 뒤집어버리고 돌돌 말아버린 생의 굳은살

    고치에서 빠져나온 누에처럼 느릿느릿 귀찮아지는 여정
아내는 제발 세탁기에 갖다 넣으라고 성화다 체념한 듯 끊
어진 길을 잡아넣고 세탁기를 돌려댄다 발자국이 따라 돌
아간다 지나온 길이 어지럽다

—「발자국 껍질」 전문

    이 시는 '발자국 껍질'로 은유 된 '양말' 이야기이지만,
그 이면에는 길로 표상된 그의 삶 속에서 '풀리지 않는
암호' 즉, 괄호를 대면하게 되는 시인의 여정이 선명하게
부조되어 있다. 여기서 '양말'은 나를 넣고 다니는 것이
라는 점에서 시적 화자의 존재성을 나타내는 제유라고
볼 수 있다. 그런데 양말은 저녁에는 벗어야 할 물건이
라서 화자는 결국 맨발이 된다. 그런데 시인은 "잘못 태
어난 밤이 어김없이 나를 맨발로 버린다"고 하여 '맨발'

즉, 결핍이 그의 삶에서 운명적인 것임을 암시해준다. 이 시에 의하면 그가 태어난 밤은 잘못 태어난 밤이기 때문에 "끊임없이 버림받지 않으면 불안해지는 밤"이다. 그런데 '양말'은 "침대 밑에다 기꺼이 나를 버리고 발견을 기다리는 유물"이라는 점에서 '나'의 또 다른 존재성을 상징한다. 하지만 화자가 양말을 통해서 자신의 진정한 존재성을 발견하는 것은 결코 쉬운 일이 아니다.

흡사 이상의 「날개」의 한 장면을 연상시켜주는 이 시의 마지막 연은 그의 삶이 무료함과 단절로 귀결되고 있음을 보여준다. 그의 삶이 "고치에서 빠져나온 누에처럼 느릿느릿 귀찮아지는 여정"일 수밖에 없는 것은 그의 불확실한 정체성과도 무관하지 않다. 이 시에서 화자의 존재성을 상징하는 양말은 "집안 여기저기 웅크리고 있"거나 "침대 밑에다 기꺼이 나를 버리고 발견을 기다리는 유물"이고 "어느 곳에서 빠져나왔는지 나조차도 찾을 수 없는" 존재라는 점에서 화자의 존재론적 정체성과도 연관되어 있다. 이는 흡사 이상이 「날개」에서 외출을 하고 돌아와 아내의 처분만을 기다리고 있는 장면과도 비슷하다. 이상의 소설에서 화자인 '나'와 '아내'와의 관계가 끊임없이 어긋나는 것처럼, 이희섭의 시에도 화자와 아내와의 간극이 존재한다. 그의 또 다른 시 「가득과 가족 사이」에 보면 "가족이라는 것도/ 서로의 빈 곳을 채워주어야 하는데" 그와 아내 사이에는 "아무리 채우려 해도 금세 빠져나가는/ 사소한 빈틈"이 존재한다. 그리하여

그는 "그동안 우리 사이에 소진된 것은 무엇인가"를 반
문하면서 "바닥난 가족을 가득 채우러/ 다시 길을 떠"날
수밖에 없는 것이다. 여기서 빈틈은 다른 말로 하면 괄
호이다. 자동차가 기름을 넣어야 굴러가듯이, 인간 역시
괄호를 채우며 살 수밖에 없는 존재인 것이다.

나는 귀를 닫아걸고
괄호를 열어놓았다
그건 간극間隙의 시간
거스르지 못하면 들어갈 수 없는
강물의 함정
스스로 갇히려
끝없이 흐르는 문장들
사람이 가진 기호에
내가 가진 괄호를 채워보느라
조용히 소란하였다
누군가를 만나는 것은
서로 다른 괄호가 만나서
비밀스러운 틈을 완성하는 일
같은 강에 발 담그고
그 흐름에 깃든 문장들을
말없이 바라보는 일
외로움으로 여는 저 달도
물에 비친 제 모습으로 괄호를 닫으니
이제 나는 문을 열고

닫힌 귀를 풀어놓는다
—「그믐달이 열어놓은 괄호를 초승달이 닫을 때까지」 전문

시인에 의하면 인생은 "그믐달이 열어놓은 괄호를 초
승달이 닫"는 과정의 연속이다. 여기서 그믐달이 죽음
쪽에 가까이 가 있다면 초승달은 탄생과 가까운 이미지
라는 점에서 불교의 순환적 시간과 맞닿아 있다. 물론
이 시에서 그믐달은 실제로 공중에 떠있는 달이고 초승
달은 물에 비친 그믐달이 초승달 모양으로 보이는 것이
지만, 시인은 이러한 절묘한 풍경의 발견을 통해서 삶을
괄호라는 상징으로 요약해낸다. 인용 시에서 화자는 "귀
를 닫아걸고/ 괄호를 열어놓"는 행위를 하고 있는데, 이
것은 복잡한 세상사에서 멀어져 자신을 조용히 들여다
보는 일이다. 그는 이러한 명상을 통해서 "간극의 시간"
을 발견하고 "거스르지 못하면 들어갈 수 없는/ 강물의
함정"을 깨닫게 된다. 시인이 시를 쓰는 일은 "사람이 가
진 기호에/ 내가 가진 괄호를 채워보"는 일이다. 이런 관
점에서 보면 그의 시 쓰기가 결핍의 산물임을 쉽게 알
수 있다. 인간의 사랑이나 만남 역시 타자와의 관계를
통해서 "서로 다른 괄호"의 "비밀스런 틈을 완성하는 일"
인 것이다. 이희섭의 시 중에서 사랑을 주제로 한 시가
많은 것은 우연이 아니다.

2. 사랑과 상처를 보듬어주는 괄호

장미는 그 안에 아름다운 향기와 사랑을 담고 있지만, 타자에게 상처를 주는 가시가 있다. 사랑도 장미와 같아서 매혹과 상처를 모두 가지고 있다. 네 잎 클로버가 "씨앗에 난 상처를 감추기 위해/ 잎 하나 더 만든다는"(「지독한 행운」) 말이 있는 것은, 아무리 지독한 행운이나 사랑이 따라온다 해도 그 안에는 필연적으로 상처가 존재한다는 것을 말해주는 것이다. 이처럼 사랑은 빛과 어둠, 매혹과 상처를 동시에 지니고 있는 야누스의 얼굴을 하고 있다. 이희섭의 시에는 꽃 이미지가 자주 나오는데, 그의 시에서 '꽃' 이미지는 주로 사랑과 관계된다. 시인에 의하면 "바람도 구름도 전화기 속으로 들어서면/ 꽃 한 송이로 피어난다"(「ㄲㅗㅊ ㅎㅏㄴ ㅅㅗㅇ ㅇㅣ」).여기서 전화기는 사람과 사람이 소통하는 도구로 사랑을 연결해주는 매체이다. 이처럼 사랑은 소통과 밀접한 관계가 있다.

1.
너의 눈빛이 내게로 와서 뿌리를 내린다
마음밭 깊숙한 곳에 자리를 잡고 너는 내 안에서 자라난다
너를 경작하는 동안 나의 몸은 너를 향해 열려간다

나는 불면이 깊어가고

너는 연민이 늘어간다

오랫동안 발아를 꿈꿔
불온해진 마음속에서도 살아 움직인다
머리부터 발끝까지 온통 너의 생각뿐
너의 숨결마저 뿌리가 되어 나를 더듬는다

너를 온전히 심고 나서야
어둠을 견디는 방식을 알게 될 것이다

2.
너의 말이 내게로 와서 상처가 되었다
네 안에 서식하던 말이 날카로운 비수가 된다

나는 가슴이 조여들고
너는 연정이 줄어간다

너의 말을 해독 解毒하기엔 너무 늦었을까
나의 슬픈 눈망울에 비친 너의 눈빛이 흔들린다

누군가를 받아들이는 일은
나 자신을 용서하는 것

—「어떤 파종법」 전문

시인에 의하면 사랑은 자신이 흙이 되어 자신의 몸에 사랑의 씨앗을 파종하고 그것을 정성껏 가꾸는 것이다. 그러는 동안 흙인 자신의 몸은 사랑하는 뿌리를 향해 열리게 되는 것이다. 그러나 사랑하는 일은 이처럼 순조로운 것이 아니다. "나는 불면이 깊어가고/ 너는 연민이 늘어간다"는 것은 사랑이 때로는 고통스럽고 지난한 것임을 말해준다. 그런데 사랑은 중독성이 강하다. 그렇기 때문에 사랑을 하게 되면 "머리부터 발끝까지 온통 너의 생각뿐"이게 된다. 시인이 다른 시 「파르마콘」에서 사랑을 중독에 비유하면서 "세상에서 가장 강한 독은 중독이다 너라는 독을 받아들인 후 눈이 멀었다 치사량에 가까운 너를 들이마신 후 너라는 섬광으로 눈이 멀었다 온몸으로 퍼져버린 너는 나의 혈관을 뜨겁게 하고 눈먼 동공 속에서 너의 눈으로만 세상을 바라본다"고 한 고백을 통해서도 사랑의 중독성이 어떤 것인지 짐작할 수 있다. 시인이 위의 시에서 "너를 온전히 심고 나서야/ 어둠을 견디는 방식을 알게 될 것이다"고 한 것은 사랑의 중독을 넘어서 온전한 사랑에 이르렀을 때에야 사랑의 이면에 숨겨져 있던 어둠을 견디는 방식을 깨닫게 된다는 것이다.

"너의 말이 내게로 와서 상처가 되었다"로 시작되는 두 번째 단락은 말의 상처 탓에 서로의 사랑에 금이 가는 과정을 보여준다. 서로가 서로에게 던지는 말 한 마디가 달콤한 사랑의 말이 되기도 하지만 때로는 서로에게 상처를 주는 '비수'가 되기도 한다. 이러한 말의 상처 때문에 "나는 가슴이 조여들고/ 너는 연정이 줄어간다". 하지만 상대방이 던진 말을 스스로 해독하기는 쉽지 않다. 이러한 사랑의 위기를 극복하기 위해서는 "누군가를 받아들이는 일"이 필요하다. 여기서 "누군가를 받아들이는 일"은 "나 자신을 용서하는 것"과 동의어가 된다.

얼음 속에 갇히기 위해
투명한 너에게 걸어 들어간다

로빙화 魯冰花
너는 거름이 되기 위해 피어난 꽃이다
차밭에서 무수히 피었다가
그대로 삭아내리는

지기 위해 서둘러 피는 꽃
속절없이 찾아오는 불멸의 봄

너에게 세상은 봄밖에 없으므로
계절 바깥의 삶을 알지 못한다

폭설 같은 봄
나는 누군가를 위해
기꺼이 사라져갈 수 있을까

죽어서 그윽해진 향
진하게 우러나는 꽃의 말

너에게 걸어 들어간다
순교의 꽃에서 심장을 거두어
계절의 뿌리로 삼으려

—「어리석은 얼음꽃」 전문

시인에게 있어서 사랑은 '어리석은 얼음꽃'이다. 얼음꽃은 추울 때 생겨났다가 온도가 올라가면 금방 녹아버리는 '유한의 꽃'이다. 시인에게 있어서 사랑은 유한하고 덧없다는 점에서 어리석은 것이다. 그럼에도 화자는 "얼음 속에 갇히기 위해/ 투명한 너에게 걸어 들어간다". 사랑의 역설적 속성을 잘 드러내고 있는 이 구절은 사랑이 '희생'의 속성을 내포하고 있다는 것과 연관된다. 화자가 사랑을 '얼음꽃'이나 '잠깐 피었다 지는 로빙화' 즉, "지기 위해 서둘러 피는 꽃"으로 정의하고 있으면서도 사랑을 쉽게 떨쳐버리지 못하고 있는 것은, 죽어서도 향기가 나는 '로빙화'처럼 "진하게 우러나는 꽃의 말" 즉, "죽어서 그윽해진 향"이 그 속에 있기 때문이다. 그렇기 때문에 시인은 사랑의 봄이 비록 "폭설 같은 봄"일지라도 기꺼이 사랑의 순교자가 되기를 원한다.

그런데 사랑의 끝으로 이별은 쉽게 찾아온다. 이별은

사랑의 일막을 닫는 일이다. 그의 다른 시 「일막―幕」은 저녁에 상점의 셔터를 내리는 남자의 행위를 통해서 사랑이 끝난 후의 쓸쓸한 풍경을 보여준다. 시인에 의하면 사랑의 일막을 내리는 일은 조명을 끄고 "가게 안에 진열된 숙녀의 시선을 외면하며// 미처 빠져나오지 못한 분 냄새와/ 아무렇게나 내뱉어진 말들을 닫아버리"는 일이다. 이러한 사랑의 종말은 필연적으로 미련과 상처를 남긴다. "제대로 문을 열고 들어간 적 없는/ 남자의 밖은/ 늘 열려있다"는 시인의 진술은, 제대로 된 사랑 한 번 해본 적 없는 남자의 마음속에 남아있는 사랑에 대한 미련을 암시해 준다. 시인에게 있어서 사랑의 문을 닫는 일은 "스스로 어두워지는 일"이다. 그러므로 시인은 사랑의 괄호를 항상 열어놓고 싶어한다.

3. 기억 속의 괄호, 혹은 스타카토

기억은 지나간 시간을 괄호 쳐두고 수시로 과거로 되돌아가 그것을 살펴보는 일이다. 특히 그 기억이 트라우마와 관계된 것이라면 더욱더 잊히지 않는다. 아무리 뜨겁던 사랑도 시간이 지나면 식어지게 마련이고 끝내 한 점 차가운 풍경으로 남기도 한다. "새살이 돋지 않는 상처가 더 아프다/ 지나온 발자국들을 모두 덮어버리고/ 겨울은 몸에 새겼던 길로 찾아왔으나/ 정지된 화면처럼

시냇물은 얼어있고/시간도 얼어있다"로 시작되는 「소한
도小寒圖」는 사랑이 끝난 후 남아있는 상처와 쓸쓸한 마음
을 차가운 겨울 풍경에 비유해서 보여준다. 이 시에서
시인은 "텅 빈 버스정류장에선/ 바람이 버스를 기다리
고/ 스쳐 지나가는 것들은 모두 풍경이 된다"고 말한다.
여기서 '텅 빈 버스 정류장'은 사랑을 끝낸 자의 쓸쓸한
내면을 상징한다. "스쳐 지나가는 것들은 모두 풍경이
된다"는 시인의 진술은 과거로 흘러가버린 것들은 모두
기억 속의 한 풍경으로밖에 남지 않으리라는 전언이다.
　그런데 기억은 과거에 경험했던 풍경을 그대로 보여주
지는 않는다. 당시에는 아무리 긴 시간의 분량을 가진
기억일지라도 현재의 시점에서 바라보면 그것은 짧은
순간이거나 한 점 풍경에 지나지 않는다.

　아버지의 갈비뼈를 뽑아 만든 기타로 연주한다 허공에
만든 객석 온통 목단이 피어있다 갈비뼈를 따라 왼손이 코
드를 잡아나간다 리듬에 따라 향기는 미세하게 떨리고 몸
속으로 울림이 퍼져 들어간다 기타줄을 튕겨 아무리 털어
내도 떨어지지 않는 기억들 허공으로 튕겨진 선홍색 피가
기타 소리에 따라 정신없이 돈다 탁탁 시간을 연주할 때마
다 내 몸도 함께 튀어오른다 악보에 쉼표가 있어도 쉬지
않고 마침표가 있어도 마치지 않는다 때론 돌아가기도 한
다 팽팽하게 튜닝한 生 느슨해진 시간을 조이고 또 조여도
늘어나는 꽃 아버지의 연주곡도 나의 그것도 되감을 수 없
다 목단은 돌아갈 수 없는 북쪽만 바라보고 혈육의 피는

자꾸 묽어져 간다 한 생을 마치기 전 한 번, 짧게 연주되는
아버지의 스타카토 아버지는 그곳에 마침표를 찍었고 난
그 옆에 쉼표를 찍는다

—「스타카토」 전문

　이 시에서 화자가 "아버지의 갈비뼈를 뽑아 만든 기타
로 연주를"하는 일은 과거의 기억을 반추하는 행위와 같
은 것이다. 화자는 목단이 피어있는 나무 아래에서 기타
를 치면서 아버지를 생각하고 아버지가 두고 온 북쪽을
생각한다. 여기서 기타를 치는 화자가 연주의 주체라면
목단은 청중이 된다. 연주의 주체와 청중은 서로 소통할
때 그 음악은 한 층 더 아름다워진다. "허공으로 튕겨진
선홍색 피가 기타 소리에 따라 정신없이 돈다"는 표현은
화자의 기타연주와 선홍색 꽃잎을 떨구는 목단의 상호
조응을 말하는 것이다. 그런데 화자가 기타를 연주하는
것에는 지나간 기억들을 털어내고 싶은 마음이 들어있
다. 하지만 "기타줄을 튕겨 아무리 털어내도 떨어지지
않는 기억들"은 여전히 존재한다. "악보에 쉼표가 있어
도 쉬지 않고 마침표가 있어도 마치지 않는다"는 진술은
기억의 영속성을 말하는 것이다. 이런 기억으로 때문에
우리의 생은 "팽팽하게 튜닝한 生"이 되고, 우리의 기억
은 수시로 추억의 기타줄을 퉁기고 싶어지는 것이다. 그
리하여 기억은 "느슨해진 시간을 조이고 조여도 늘어나
는 꽃"처럼 점점 많아지게 된다.

　시인은 "아버지의 연주곡도 나의 그것도 되감을 수 없다"고 하여 과거의 기억이 함부로 지울 수 있는 것이 아님을 말하고 있다. 이 시에서 '스타카토'는 과거의 삶이 짧은 기억으로 요약되는 것을 말한다. 아버지의 긴 삶도 돌아가시고 나면 짧게 연주되는 스타카토로 느껴지게 되는 것이다.

　　하얀 날개 퍼덕이는 새떼 가득 밀려와
　　하늘을 삼킨다
　　해가 떨어지며 출렁인다
　　너울을 타고 날아온 새, 주름진 뻘을 지운다
　　수평선을 끌어당겨 시위를 만든다
　　겨울을 싣고 오는 파도가 고깃배보다 먼저 들어온다
　　물이 채워질수록 먹잇감들은 줄어들고
　　녹슨 하늘을 등진 부리는
　　다가오는 어둠만 쪼아먹는다

　　물 위에 둥지를 틀고
　　만월을 베어먹는 밤

　　깃털 하나 뽑아 당겼던 시위에 걸어
　　서서히 놓아버린다
　　물의 생각이 얇아지고
　　품고 있던 기억이 뻘에 드리워진다
　　왔던 길 묻지 않고

화살처럼 날아간 만조

그 새의 눈은 먼바다를 닮아있었다
—「만조滿鳥」 전문

이 시에서 '만조滿鳥'는 하늘을 가득 메운 새떼를 가리킨다. 그러면서 동시에 바다에 물이 차는 현상인 '만조滿潮'를 상기시켜 준다. 그런데 여기서 '만조滿鳥'는 동시에 기억을 상징하는 새이기도 하다. 그리고 '만조滿潮'는 물질로 가득 찬 현실을 상징한다. 이러한 사유는 "물이 채워질수록 먹잇감들은 줄어" 든다는 함수관계에서 더욱 선명히 드러난다. 현실이 복잡다단할수록 과거의 기억은 줄어들게 마련인 것이다. 즉 "녹슨 하늘을 등진" 추억의 부리는 "다가오는 어둠만 쪼아"먹게 되는 것이다. 이 시의 두 번째 연 "물 위에 둥지를 틀고/ 만월을 베어먹는 밤"은 물 위에 떠다니며 기억을 반추하고 있는 새들의 모습을 가리킨다. 이 시의 3연은 물이 서서히 빠지고 '기억의 뭍'이 드러나는 모습을 보여준다. 하지만 기억은 그리 오래가지는 않는다. "왔던 길 묻지 않고/ 화살처럼 날아"갈 뿐인 것이다. 늘 기억이라는 새의 눈은 먼바다를 향해 날아갈 준비가 되어 있다. 그의 다른 시 「낙인烙印」을 보면 '새겨진다는 것' 즉 기억은 "돌이킬 수 없는 그믐달이 만월로 부풀어 오르는 동안" "세상의 기슭으로 깊게 스며드는 일"이다.

　그런데 시인이 기억을 반추하는 일은 현실의 부조리나
불만족스러움과도 연관된다. 이러한 현실의 부조리가
시인으로 하여금 시를 쓰게 만든다.

　　음식 속으로 수많은 칼자국이 박힌다
　　칼자국은 혈관을 돌며 몸속에서
　　골격과 근육을 키워낸다
　　손과 얼굴, 사상도 만든다

　　나는 무수한 칼자국을 삼키며 자라왔다
　　어머니의 칼날이 유년의 배고픔을 씻어냈고
　　누나의 칼질이 사춘기 격정을 도려냈다
　　그녀를 만난 이후로
　　나는 그녀의 도마 위에 오른 칼맛에 길들었다

　　오래도록 칼자루를 쥔 사람들이 나를 사육해왔다
　　혀끝에 비릿한 칼 내음
　　칼맛에 나는 오장육부를 베인다

　　잘리는 살점들의 날카로운 비명이 없다면
　　단면으로 배어 들어가는 칼의 맛을
　　어찌 알겠는가
　　상처가 맛을 내는 것이다
　　　　　　　　　　　　　　　　—「칼의 맛」 전문

　음식 속에 수많은 칼자국이 박히는 일은 한편으로는

끔찍하게도 생각되지만 그렇게 함으로써 음식의 맛이 좋아진다. 시인은 이러한 이치를 통해서 상처가 좋은 시를 낳는다는 것을 설파하고 있다. "칼자국은 혈관을 돌며 몸속에서/ 골격과 근육을 키워낸다/ 손과 얼굴, 사상도 만든다"는 표현만 보아도 이 시가 시 쓰기의 은유로 쓰인 메타시임을 알 수 있다. "어머니의 칼날이 유년의 배고픔을 씻어냈고/ 누나의 칼질이 사춘기의 격정을 도려냈다"는 표현은 이러한 가족사들도 시인의 시 쓰기에 지대한 영향을 미치고 있다는 것을 말해준다. 시인은 "잘리는 살점들의 날카로운 비명이 없다면/ 단면으로 배어 들어가는 칼의 맛을/ 어찌 알겠는가"라고 반문한다. 이런 관점에서 보면 "상처가 맛을 내는" 이치를 알 수 있다. 그러므로 과거에 경험했던 시인의 쓰라린 상처도 시의 맛을 내는데 대단히 중요한 요소라는 것을 알게 된다.

좁은
골목길
할머니가
앞서
걷는다

느리게
느리게
땅만 보고

걷는다

경적도 누르지 못하고 그 뒤를 따라간다
머리가 점점 땅에 가까워지고 있다
온 힘을 다해 어디로 가시는가

배꼽이 할머니를 끌고 간다
중심에서 떨어져 나가려는 배꼽을 움켜쥐고,
둥근 방의 기억을 따라 점점 제 몸을 말아간다
이따금 멈춰 서서 등 들썩이며 숨을 몰아쉰다

배꼽이 내 차를 끌고 간다
지루한 오후를 끌고 간다
대로변에 이르자 뒤돌아보며
어여 가라고 비켜준다
잡고 있던 길을 놓아주자
한 生이 성급히 지나간다

—「방생」 전문

    필자에게는 이 시도 흡사 메타시처럼 읽힌다. 이 시에서 할머니는 좁은 골목길을 느리게 땅만 보고 걷고 있다. 그 뒤로 자동차를 운전하고 있는 화자가 경적도 누르지 못하고 따라가고 있다. 그런데 노파는 머리가 점점 땅에 가까워지고 있는 노파라는 점에서 시각적으로 괄호의 한쪽을 떠올리게 한다. 노파는 "중심에서 떨어져

나가려는 배꼽을 움켜쥐고,/ 둥근 방의 기억을 따라 점점 제 몸을 말아간다". 여기서 '배꼽'은 생명의 상징이면서 동시에 모친과 분리될 때 생긴 상처이기도 하다. 그리고 '둥근 방의 기억'은 엄마 뱃속의 기억을 가리키는 것으로 기억의 원형성을 상징한다. 배꼽이 할머니를 끌고 가고 내 차도 끌고 갈 수 있는 것은 이러한 원형적 기억의 힘 때문이다. 허리 굽은 괄호가 된 할머니는 그 괄호 속에 배꼽이 있기 때문에 길을 갈 수 있는 것이다.

할머니의 죽음은 잡고 있던 길을 놓아주는 행위를 통해서 암시되는데, 그것은 할머니의 괄호를 닫는 행위이면서 동시에 그 괄호를 버리는 일이다. 이 시의 제목이 '방생'인 것도 인생이라는 괄호를 풀어서 할머니를 세상 밖으로 놓아주는 것을 암시해준다. 이런 관점에서 보면 인생이란 괄호 넣기와 괄호를 풀어주는 과정의 연속인 셈이다. 시인의 시 쓰기 역시 괄호를 활자로 채우기도 하고 비워내기도 하는 작업이다. 생각해보면 괄호처럼 구부러진 허리 안에 존재의 원형인 배꼽을 품고 느리게 길을 걸어가는 노파야말로 한 편의 시이다. 이희섭의 시는 괄호 속에 배꼽을 품고 있어서 스스로 시적 정체성을 확보하고 있다. 그의 시의 배꼽을 따라가 보면 시의 뿌리가 만져진다. 배꼽은 결핍이면서 동시에 상처이지만 그 안에 사랑이 내재해 있다는 점에서 시의 생명성과도 만난다. 결핍과 상처와 사랑은 이희섭의 시를 지탱해주는 중요한 화두이다.